BARREAU DE PARIS

DISCOURS

PRONONCÉ

PAR Mᵉ GRÉVY

BATONNIER DE L'ORDRE DES AVOCATS

A L'OUVERTURE DE LA CONFÉRENCE

LE 26 DÉCEMBRE 1868

IMPRIMÉ AUX FRAIS DE L'ORDRE

PARIS

IMPRIMERIE RENOU ET MAULDE

RUE DE RIVOLI, 144

1869

DISCOURS

PRONONCÉ

PAR Mᵉ GRÉVY

Bâtonnier de l'Ordre des avocats

IMPRIMERIE RENOU ET MAULDE, RUE DE RIVOLI, 144

BARREAU DE PARIS

DISCOURS

PRONONCÉ

PAR M^E GRÉVY

BATONNIER DE L'ORDRE DES AVOCATS

A L'OUVERTURE DE LA CONFÉRENCE

LE 26 DÉCEMBRE 1868

IMPRIMÉ AUX FRAIS DE L'ORDRE

PARIS

IMPRIMERIE RENOU ET MAULDE

RUE DE RIVOLI, 144

1869

DISCOURS

PRONONCÉ

PAR Mᵉ GRÉVY

Bâtonnier de l'Ordre des avocats

A L'OUVERTURE DE LA CONFÉRENCE

LE 26 DÉCEMBRE 1868

Mes chers confrères,

Au milieu des changements que le temps amène, rien n'a plus contribué peut-être à préserver de ses atteintes la pureté de notre discipline et le lustre de notre institution que ces réunions annuelles, dans lesquelles

nous venons entendre les enseignements tirés de la vie
des hommes qui ont illustré la robe, d'intéressantes
études sur des points d'histoire ou de législation qui
nous touchent, et les communications professionnelles
que vous attendez de ceux qui doivent à votre bien-
veillance l'inestimable honneur de vous présider.

Cet antique usage d'inaugurer ainsi la reprise de nos
travaux par un retour sur notre profession, par la con-
templation de nos grands modèles, par la méditation
de quelque noble sujet qui éclaire l'esprit et élève l'âme,
participe de ce mélange de sagesse et de grandeur dont
nos vieilles traditions sont empreintes. C'est à lui que
nous devons la galerie des portraits de nos ancêtres,
les excellents travaux dont nos archives se sont enrichies
et le recueil des discours de nos bâtonniers, véritable
manuel encyclopédique de notre profession, dans lequel vous trouverez tout, les origines et l'histoire de
notre institut, son caractère et son rôle social, les études
qu'il exige, les devoirs qu'il impose, et, ce que vous
chercheriez vainement ailleurs, les fruits communiqués
des plus longues expériences et des plus grands talents,
l'art de bien dire enseigné par les maîtres de l'éloquence; et lorsque, après les avoir lus, vous irez les
entendre pratiquant eux-mêmes leurs leçons, rien ne
vous manquera de ce que le précepte et l'exemple
peuvent apporter dans la culture de cet art, dont

l'incomparable difficulté arrachait à l'Orateur romain lui-même cette exclamation désespérante : *Quam difficilem, dii immortales, atque omnium difficillimam !*

Vous n'attendez pas de moi, mes chers confrères, que, revenant sur les sujets qu'ils ont épuisés, je suive mes illustres devanciers dans la carrière qu'ils ont parcourue et que mon prédécesseur a si brillamment close, lorsque, parlant de l'éloquence après tant d'orateurs consommés, il a trouvé le secret de dire encore des choses neuves et fines, dans un langage élevé, plein de charme et de distinction.

Mais si je ne puis, comme eux, acquitter ma dette par d'utiles enseignements, je m'efforcerai du moins de témoigner ma gratitude par mon dévouement sans bornes à mes confrères et par ma constante application à transmettre intact à mon successeur le dépôt précieux que l'Ordre m'a confié.

Comptez, messieurs, pour sa garde, sur la sage fermeté de votre conseil ; comptez plus encore sur la force vitale de notre institution ; elle tient au premier besoin des peuples, elle est de l'essence même de la justice ; sa raison d'être est dans sa nécessité, c'est sa meilleure sauvegarde.

« Considérez, dit M. Royer-Collard, la société en « elle-même, le but pour lequel elle existe, la nature

« et la diversité des pouvoirs qu'elle institue pour l'at-
« teindre; vous reconnaîtrez que l'action de tous ces
« pouvoirs vient se résoudre et se confondre dans
« l'action du pouvoir judiciaire. Les lois civiles et cri-
« minelles ne sont que la règle des jugements; le
« pouvoir civil, qui veille sans cesse à la sûreté de tous
« et de chacun, ne déploie la force de la société, dont
« il est dépositaire, que pour amener ceux qui la
« troublent devant les tribunaux, et, dans ce combat
« de la société tout entière contre quelques-uns de
« ses membres, les victoires de la société sont des ju-
« gements. Ce sont encore des jugements qui règlent
« les droits incertains, qui commandent l'exécution des
« promesses, qui répriment les agressions de la cu-
« pidité et de la mauvaise foi. En un mot, tous les
« droits naturels et civils de l'homme en société sont
« sous la garde des tribunaux, et reposent uniquement
« sur l'intégrité des juges qui les composent. »

Une telle mission, qui fait du juge l'arbitre souverain
de tous nos intérêts, constituerait le plus redoutable
pouvoir qui pût exister parmi les hommes, si la raison, s'éclairant par l'expérience, n'eût trouvé, pour le
tempérer et le contenir, des institutions qui forment
contre les entraînements et les dangers de l'omnipo-
tence une protection pour le juge et pour le justiciable
une garantie : la loi qui règle les jugements, la publicité qui les contrôle, la défense qui les éclaire et les lé-

gitime; car toucher à la fortune ou à la liberté, à l'honneur ou à la vie des hommes, sans leur laisser le droit
de se défendre, ce n'est dispenser la justice, c'est oppri-
mer; sans la défense, la justice perd son nom; elle
s'appelle, selon les temps, l'arbitraire ou la tyrannie.

Puisqu'elle est une condition de la justice, la défense
doit être réelle; il ne suffirait point qu'elle fût permise
en spéculation, il faut qu'en pratique elle soit effective-
ment présentée.

Par qui le sera-t-elle? Par le justiciable en personne?
Il en est le plus souvent incapable, n'ayant ni la con-
naissance du droit, ni l'intelligence des affaires, ni l'art
d'ordonner une discussion, ni le calme de l'esprit, ni
l'habitude de la parole publique; et si l'un des deux
plaideurs a sur l'autre ces avantages, où sera pour ce
dernier l'égalité devant la justice?

C'est parce qu'elle les répute incapables de se défendre eux-mêmes, que, au criminel, la loi donne aux
accusés des défenseurs d'office, et que, au civil, elle impose aux parties des représentants officiels pour ins-
truire les causes et des avocats pour les plaider, ne leur
permettant qu'exceptionnellement de paraître en personne à la barre.

Cette défense que le justiciable ne saurait fournir lui-
même, le juge ne peut la suppléer. Si à la délibération

des jugements il devait ajouter la préparation des causes, dépouiller les dossiers, lire les pièces, rechercher les documents absents, conférer avec les plaideurs, compulser la loi, la doctrine, la jurisprudence, et méditer sur le tout pour en tirer les éléments opposés des défenses respectives, en un mot, cumuler le double labeur du juge et de l'avocat, en revêtant successivement deux rôles si peu conciliables, quelle force humaine suffirait à ce fardeau, et comment la prompte distribution de la justice s'accommoderait-elle de ces lenteurs? Où serait l'égalité pour le plaideur incapable, luttant ainsi en champ clos contre un adversaire habile? Et comme ce champ clos ne pourrait être que le cabinet du juge, que deviendrait le principe tutélaire de la publicité des débats?

C'est ainsi, messieurs, que de l'impossibilité pour le justiciable de pourvoir lui-même à sa défense et pour le juge d'y suppléer découle la nécessité sociale du ministère de l'avocat.

Point de justice sans défense, point de défense sans avocat; j'ajoute point d'avocat sans l'existence de l'Ordre qui peut seul assurer les garanties que le défenseur doit donner et celles qu'il doit avoir : la capacité par l'exigence du diplôme et du stage; la moralité par les sévérités d'une discipline qui érige la vertu en devoir et pousse la vigilance jusqu'à la prévention; l'indépendance par la solidarité qui protége dans chacun les franchises de tous, exposées à périr dans l'individu isolé.

Supprimez par la pensée l'institution de l'Ordre, livrez la barre à tout venant, qui empêchera l'incapacité de déshonorer l'audience et de compromettre le bon droit, l'improbité d'abuser des pièces remises et des secrets confiés, la dépendance ou la vénalité de déserter la défense ou de la trahir?

Mais qu'est-il besoin d'hypothèses? N'avons-nous pas les tristes enseignements de l'histoire? Ne nous montre-t-elle pas à quel état d'abjection tomba la défense, lorsque, à propos d'une question de costume, dans un entraînement irréfléchi, la Constituante eût aboli l'Ordre des avocats, poursuivant dans les garanties dont il était entouré le fantôme du privilége?

Vous savez ce qui arriva. Envahie par la foule des gens d'affaires, la barre fut déshonorée par tant de scandales, que, pour la fréquenter avec la sécurité et lui restituer son antique honneur, les membres de l'ancien barreau furent contraints de rétablir entre eux, par une association spontanée, les règles de la vieille discipline, s'abstenant de communiquer avec ceux qui refusaient de s'y soumettre, et que l'Ordre, détruit par la loi nouvelle, se reconstitua de fait sous l'empire de la plus impérieuse de toutes les lois, celle de la nécessité.

Mais il ne parvint point à s'assimiler les éléments nouveaux que sa discipline gênait, et tel fut le progrès du mal que l'Empire, qui n'aimait pourtant pas les avocats, sous le nom desquels il confondait dans une haine commune tous les hommes de liberté dont la fatalité de ses tendances et le malheur de sa destinée le condamnèrent à rester l'irréconciliable ennemi, ne put mettre un terme aux abus qui compromettaient la justice qu'en chassant les marchands de son temple et en rétablissant par décret l'Ordre des avocats.

Tant il est vrai que cet Ordre est aussi nécessaire à la défense que la défense est elle-même nécessaire à la justice !

C'est ainsi que la raison, méditant sur l'histoire, confirme le témoignage que tant de grandes voix nous ont transmis à travers les âges et que l'illustre chancelier qui fut notre panégyriste nous a rendu à son tour lorsque, dans son magnifique langage, il a placé à la même hauteur la nécessité de l'Ordre des avocats et la nécessité de la justice.

Ne nous étonnons plus que cette institution ait traversé les siècles, qu'elle n'ait point changé quand tout changeait autour d'elle et qu'elle soit restée debout au milieu de tant de ruines. Elle vivra tant que les hommes sentiront le besoin de défendre leurs intérêts et de faire régner parmi eux la justice.

Ne nous plaignons pas de notre discipline, puisque notre Ordre ne vit que par elle, comme notre profession ne vit que par lui.

Ne redoutons pas non plus que la liberté, qu'il a tant servie, le répudie jamais sous le nom de privilége, puisque l'accès en est permis à tous, et que, s'il exige des garanties, c'est par une nécessité commune à toutes les professions qui touchent aux intérêts publics.

Si l'excellence d'une institution se mesure à son utilité sociale, notre profession se recommande encore par un autre côté, elle tend à former des hommes probes et de bons citoyens.

Il y aurait un beau livre à faire touchant l'influence des professions sur ceux qui les exercent. Comme le corps reçoit et garde l'empreinte des attitudes qu'il affecte dans ses travaux habituels, de même l'esprit se façonne et s'incline aux sujets qui l'occupent, aux pensées qui le hantent, et, selon sa disposition familière, se porte aux choses honnêtes ou descend aux basses pratiques, s'élève à l'indépendance ou se courbe à la servilité.

La profession est la seconde et souvent l'unique éducation de celui qui s'y livre, et, s'il est vrai qu'on *devienne tout ou rien selon l'éducation qu'on reçoit,* il serait possible, sauf la part à faire aux inclinations prononcées, de juger *à priori* des hommes par les professions qu'ils exercent.

Grave sujet de méditation pour le moraliste et l'homme d'État !

Voilà pourquoi les républiques de l'antiquité, soucieuses avant tout de retenir les citoyens dans la sphère élevée des intérêts publics, leur interdisait les occupations serviles, et c'est aussi ce qui peut expliquer pourquoi les hommes voués aux travaux manuels n'apportent si souvent dans leurs appréciations politiques que des préoccupations exclusives de bien-être ; grand et légitime intérêt assurément auquel il faut faire une large place, mais qui ne peut absorber tous les autres qu'à la condition d'abaisser le niveau social et d'éteindre le souffle vivifiant de la liberté, sans lequel il n'y a pour une nation ni bien-être matériel ni grandeur politique.

Quand je dis que le barreau est une école de probité et de civisme, loin de moi la pensée que ces deux grandes vertus de l'homme en société ne puissent se développer dans les autres professions ; ce que je veux dire, c'est que par ses études, ses travaux et sa discipline, la nôtre est particulièrement propre à les former.

Vous étudiez le droit, c'est-à-dire le juste et l'honnête ; vous en préparez, vous en poursuivez l'applica-

tion; vous cultivez la philosophie, l'histoire et la litté-
rature, ces trois grandes sources des enseignements
moraux ; voilà pour les habitudes de l'esprit. Vous avez
une discipline exigeante; voilà pour la conduite. Elle
ne se contente pas de vous faire une loi sévère de la
plus stricte probité; elle vous impose comme un devoir
rigoureux la loyauté, la délicatesse, le désintéresse-
ment. Elle vous veut intacts, et, pour vous mieux préserver des chutes, elle vous interdit jusqu'aux occa-
sions de faillir. Elle vous interdit le mandat, parce que
le comptable peut s'exposer à des réclamations fâcheu-
ses; le commerce et l'industrie, parce qu'ils sont sur le
chemin qui mène à la faillite; mainte autre situation
indifférente en elle-même, parce que vous y pouvez,
par accident, laisser votre considération ; assurant ainsi
votre honneur au prix de votre liberté. Aucune profession n'exige autant des siens. « Ce que les autres
hommes appellent des qualités extraordinaires, dit Fa-
vard de l'Anglade, les avocats les considèrent comme
des devoirs indispensables. »

Ici, messieurs, vous me devancez et vous retrouvez
dans votre mémoire les termes pompeux dans lesquels
d'Aguesseau célébrait la vertu de nos ancêtres; éloge
que, modestie à part, leurs successeurs pourraient
accepter aussi pour eux-mêmes, si, comme on l'a dit,
la vertu ce sont les bonnes habitudes.

L'éloquent chancelier avait sous les yeux ces hommes antiques dont le naïf Loysel nous fait une si touchante peinture, toujours au Palais ou dans leurs cabinets, ne connaissant d'autres plaisirs que ces *après-diners* dans lesquels ils se réunissaient pour deviser de leur profession, sachant se conserver simples et purs au sein d'une société dissolue, dans laquelle ils vivaient isolés comme des disciples attardés de l'école de Zénon.

Si la marche du temps et le changement des mœurs ont modifié vos habitudes, si vous êtes plus mêlés au monde, permettez à vos anciens d'attester, la main sur nos archives, que le sentiment du devoir n'a pas fléchi, que la probité, la loyauté, la délicatesse sont aussi communes, les infractions à la discipline aussi rares qu'autrefois, et, pour ne toucher qu'à un point qui, par son importance et sa délicatesse, faisait le juste orgueil de Loysel, la loyale et confiante sécurité de nos communications, qu'il n'y est pas plus *advenu faute* aujourd'hui que de son temps.

Comme il enseigne la probité par le sentiment du juste, le culte du droit enseigne le civisme par le sentiment de la liberté.

Il enseigne que, naissant égaux, les hommes sont libres, et que ce droit primordial ne peut légitimement être ni aliéné ni ravi.

A cet enseignement l'histoire ajoutant ses dures leçons, montre que c'est toujours pour son malheur que l'homme perd sa liberté, et que le premier de ses droits est aussi le premier de ses biens.

Ces convictions, fruits de leurs études, l'indépendance de leur profession permet aux avocats d'en faire la règle de leur conduite et de se ranger sous la bannière du droit, qu'ils ont défendu dans tous les temps et sous toutes ses formes.

Dans cette admirable antiquité, à laquelle il faut toujours remonter pour trouver de grands spectacles et de grands exemples, parmi tant d'illustres citoyens, formés par l'étude des lois et la fréquentation de l'agora et du forum, quels sont ces deux hommes qui dépassent tous les autres par la sublimité des accents qu'ils font retentir pour la défense de la liberté, et qui savent mourir pour elle ? — Nos premiers ancêtres.

Durant cette longue nuit qui suivit le cataclysme dans lequel le monde ancien, veuf de la liberté, succomba sous les coups des Barbares ; dans ces combats incessants que l'humanité eut à livrer pour reconquérir un à un ses droits perdus, et qui se résument dans les deux grandes luttes des temps modernes, celle de la conscience humaine se révoltant contre le pouvoir théocratique qui s'en arrogeait le gouvernement, et celle de

la nation se revendiquant elle-même contre la tyrannie
féodale et la royauté absolue, qui l'histoire nous montre-t-elle combattant aux premiers rangs et décidant la
victoire? — Nos ancêtres.

Et quand sonna l'heure, si longtemps attendue et si
chèrement achetée, de la rénovation sociale, quels en
furent les plus infatigables artisans? Qui rédigea les
célèbres cahiers? Qui prit, dans les assemblées natio-
nales, une si large part aux immortels travaux de cette
grande époque? — Nos ancêtres.

Lorsqu'à peine échappée aux étreintes du despo-
tisme restauré au profit d'une immense ambition, la
liberté mutilée se trouva aux prises avec les passions
rétrogrades de la légitimité, qui compta-t-elle parmi
ses plus ardents défenseurs? — Nos derniers ancêtres.

Et dans les nouvelles épreuves qu'elle traverse encore, qui combat aujourd'hui pour elle avec tant de
vaillance et tant d'éclat? Regardez autour de vous;
vos maîtres n'ont pas abdiqué la cause de leurs devanciers.

Vous ne l'abdiquerez pas non plus, mes jeunes confrères; elle n'eût jamais plus besoin de ses défenseurs:
depuis trois quarts de siècle, la France, troublée dans
son évolution sociale par les violations du droit, cherche

vainement à se reposer dans la libre constitution des nations modernes.

Je ne vous demande pas de vous enrôler sous le drapeau d'un parti; je vous demande d'être partout et toujours ce qu'ont été vos pères, les défenseurs du droit; de ne point vous désintéresser de la chose publique; de maintenir au barreau, comme on l'a dit à cette place, la plus belle et la plus ancienne de toutes ses causes, celle du pays; de ne pas diminuer votre Ordre en le déshéritant de ce glorieux patronage, et de lui « conserver, selon la recommandation de Loysel, le « rang et l'honneur que vos ancêtres lui ont acquis, « pour le transmettre à vos successeurs. »

Pour moi, dont le devoir est de vous rappeler ces nobles traditions, si mes efforts peuvent contribuer à les affermir dans vos cœurs, je croirai avoir acquitté autant qu'il est en moi la dette immense que, en me plaçant à sa tête, l'Ordre m'a fait contracter.

Il me reste à remplir le pieux devoir de ramener vos souvenirs et vos regrets sur ceux que, dans l'année qui vient de finir, la mort nous a ravis.

M. Roche, qui avait plaidé plusieurs années avec distinction, s'était depuis longtemps retiré des affaires pour se consacrer à des travaux estimés de droit administratif et à des œuvres de charité qui ont honoré sa vie.

M. Schneitzœffer avait toutes les qualités aimables de l'esprit et du cœur; il s'était fait des amis de tous ses confrères; il a laissé parmi nous un tendre souvenir.

M. Bezout était un esprit sérieux et bienveillant. I! a attaché son nom à des publications utiles. Frappé dans la force de l'âge par un mal soudain, la tristesse de sa fin a ajouté encore à la douloureuse impression qu'a causée la perte de cet excellent confrère.

M. Thorel Saint-Martin a fourni une plus longue carrière. Il plaidait depuis plus de trente ans lorsqu'une cruelle maladie l'éloigna du palais. C'était un bon confrère, d'un caractère modeste et affectueux.

M. Théodore Perrin avait eu de l'emploi dans les affaires criminelles. Il nous avait quitté depuis quelques années. Cœur chaud, tête vive, il avait conservé dans un âge avancé toute la pétulance de la jeunesse. Il est mort regretté.

M. Godard de Saponay, que nous avions prêté longtemps au barreau de la Cour de cassation, ne plaidait plus parmi nous depuis qu'il nous était revenu. C'était un homme de bien qui consacrait sa vie aux œuvres de bienfaisance, et qui a laissé un nom justement honoré.

M. Bourjon s'était particulièrement consacré à la science du droit, qu'il professait avec succès avant d'entrer dans le barreau militant. Esprit délicat et droit, il jouissait d'une considération méritée.

La mort de M. Lecoq de Boisbaudran a causé au palais une profonde émotion. Ses rares qualités, sa jeunesse, la longue incertitude qui a régné sur son sort, sa fin mystérieuse et tragique, répandent sur sa mémoire une teinte de douloureuse mélancolie. Nature d'élite, il s'était concilié l'estime et l'affection du barreau.

Comment achever cette longue nécrologie? Comment vous parler encore de M. Berryer? Après tant de regrets, tant de louanges apportés sur sa tombe, tant d'émouvantes adresses venant de tous les barreaux, tant d'éloquentes voix s'élevant de tous les points de la France, quels accents ne vous paraîtraient un écho affaibli de cette universelle acclamation?

De telles pertes inspirent des regrets sans terme et sans mesure,

> Quis desiderio sit pudor aut modus
> Tam cari capitis?

parce qu'elles sont irréparables,

> Quando ullum invenient parem?

mais elles en épuisent l'expression bornée, comme les grandes douleurs tarissent la source des larmes, *consumptis enim lacrymis, tamen infixus animo hæret dolor.*

Le seul hommage qu'on puisse rendre toujours à de tels hommes et le plus digne d'eux, c'est de s'efforcer de marcher sur leurs traces. N'oublions jamais, mes chers confrères, ni le noble exemple que M. Berryer nous a légué par la belle unité de sa vie, ni l'exhortation suprême que, en face de la mort, il a déposée pour nous, comme son testament professionnel, dans ses derniers adieux : « Ah ! mon ami, ce grand barreau, qu'il reste toujours, comme il l'a été, ferme dans sa foi, dans son amour pour le droit ; car là est sa puissance, sa grandeur, sa force ! » plaçant ainsi d'avance sous la majestueuse autorité de sa parole expirante les simples conseils que je viens de vous adresser.

20660   PARIS. — IMPRIMERIE RENOU ET MAULDE, 144, RUE DE RIVOLI.